꽃밭 말씀

손경선 시집 꽃밭 말씀

1판 1쇄 펴낸날 2022년 10월 3일
지은이 손경선
발행처 (재)공주문화재단
펴낸이 이재무
책임편집 박찬세
편집디자인 민성돈
펴낸곳 (주)천년의시작
등록번호 제301-2012-033호
등록일자 2006년 1월 10일
주소 (03132) 서울시 종로구 삼일대로32길 36 운현신화타워 502호
전화 02-723-8668
팩스 02-723-8630
홈페이지 www.poempoem.com
이메일 poemsijak@hanmail.net

ISBN 978-89-6021-662-4 03810

값 10,000원

꽃밭 말씀

손경선

천년의시작

하늘에서 왔으나 땅으로 돌아가리
도회에서 살지만 산골로 돌아가리
꿈꾸던 대로 전원으로 돌아와
해와 달, 산과 물과 바위
나무와 꽃, 남새와 친구가 되어 가는 길에서
소리 없는 노래를 부른다

들리는가
사람 소리 없는 곳에서 사람을 그리는 노랫소리

공주 무성산 자락 청맥재에서

차 례

시인의 말

제1부

곤란한 질문 ——— 11

유레카 ——— 12

결실 ——— 13

난蘭 ——— 14

눈먼 사랑 ——— 15

공존 ——— 16

철부지 꽃 ——— 17

청문회 ——— 18

기대다 ——— 19

차이 ——— 20

바람맞은 하루 ——— 21

꽃밭은 ——— 22

향기 ——— 23

꽃, 꽃밭 ——— 24

그리움 ——— 25

씨앗 ——— 26

함박꽃 ——— 27

홍매紅梅 ——— 28

봄꽃 ——— 29

봄밤 ——— 30

낙엽 ——— 31

꽃의 시간에는 ——— 32

비명 소리 ——— 33

제2부

동백의 현신 ——— 37

바랭이 ——— 38

꽃자리 ——— 40

꼭지 ——— 41

냄새 ——— 42

어머니 ——— 43

연륙교 ——— 44

다른 이름 ——— 45

페르세우스 유성우 ——— 46

목에 걸린다 ——— 48

노각 ——— 50

꽃 피우지 않는 나무 ——— 51

거기, 고향 ——— 52

가족 ——— 53

파시 ——— 54

천년향 ——— 55

부전자전父傳子傳 안부 ——— 56

배꼽 ——— 57

놀란다 ——— 58

까치밥 ——— 59

제3부

마찰 ——— 63

등 돌리는 순간 ——— 64

키 큰 나무 ——— 65

자책自責 ——— 66

본분本分 ——— 67

맛 ——— 68

자격 ——— 69

사는 곳 ——— 70

벼랑 ——— 71

과속방지턱 ——— 72

먼저 배운다 ——— 74

정상 ——— 75

바닥들 ——— 76

시작始作 ——— 77

신발 ——— 78

길목 ——— 79

그 아래 ——— 80

춤판 ——— 81

조건 ——— 82

발자국 ——— 83

짐 ——— 84

해 설

문종필 도약을 위한 세 가지 시선 ——— 85

제1부

곤란한 질문
—꽃밭 말씀 1

꽃밭을 일구며
뽑아 없애기 어려운 꽃이 무엇일까

키 크고, 줄기가 두꺼운
몸에 가시를 두른
넝쿨이 크게 자란
뿌리가 깊은 것일까

아니다, 작을수록
그리고 바닥에 바짝 깔릴수록 어렵다

진실로 진실로
가장 뽑아내기 어려운 것을 묻는다면
사랑하는 꽃이라 답하겠다

유레카
—꽃밭 말씀 2

참 이상한 일이다

구덩이를 판 후 꽃모종이나 묘목을 내려놓고
다시 메꾸면 번번이 흙이 모자란다
상토가 매달린 채 심을 때도 마찬가지

아하 알았다

꽃의 화사한 색깔이나 향기, 열매
원래 부족함을 채우는 데서 오는 것이었음을.

결실
─꽃밭 말씀 3

바람이 서늘해지자
숨을 고르는 풀들
바닥을 기는 바랭이 올망졸망 괭이밥 껑충한 방동사니
누구라 할 것 없이
죄다 씨앗을 품는다

인간만이
아직도 결실을 찾아 종종걸음이다

난蘭
─꽃밭 말씀 4

물과 바람과 햇살만으로는
꽃을 피우지 않는다

조용히 때를 기다리다가

시련의 순간
가슴 깊이 품은 꽃대 하나 밀어 올려

짙은 향을 세상에 떨친다

눈먼 사랑
―꽃밭 말씀 5

큰 잡초는

아끼는 꽃들 사이에서

자란다

공존
—꽃밭 말씀 6

오늘이 풀들의 마지막 날이라고
작정하고 달려들지만
자고 나면 꽃밭은 여전히 풀밭

수시로 뽑아내도
제각각 싹을 틔우고 끊임없이 자란다

결코 쉬지 않는 저항
생존을 위한 간절함과 끈기

꽃밭을 일구는 것은
풀밭도 함께 일구는 것

꽃을 키우는 것은
잡초와 동고동락하는 것

세상 만물이
더불어 살아간다

철부지 꽃
—꽃밭 말씀 7

가을과 겨울이 교차하는 입동 무렵
화단에 한 무리 할미꽃 수줍게 고개를 숙였다
울타리에는 철쭉꽃 몇 송이 피어났다

유난히 눈길을 끄는
뜬금없이 피어난 의초로운 꽃들

피는 꽃보다 지는 꽃에 가슴이 더 먹먹한
막막한 나이 노년의 초입에도
때때로 마음만은 붉게 핀다

철모르고
철없이 피어나는 꽃도 있다
꽃보다 붉은 마음이 있다

청문회
—꽃밭 말씀 8

꽃들의 세상이 오자 청문회가 열렸다
꽃밭을 일군 사람을 대상으로

군데군데 비어 있는 화단과
늘어선 검은 화분들의 생생한 증언이 이어지자
순식간에 드러난 진실

꽃을 키운다 했지만 수많은 꽃들이 죽어 나간 죄상

당연히 유죄다
변명할 수 없는.

기대다
—꽃밭 말씀 9

꽃은 벌써 지고
허우대만 웃자란 초롱꽃대를 뽑아내고

그 아래 자리한 앵초에게
햇빛과 바람을 찾아 주었다

며칠 후
앵초가 말라 죽었다

그늘에 기대어 사는 삶도 있다

차이
─꽃밭 말씀 10

아끼고 가꾸면
꽃

함부로 뽑아내면
잡초

바람맞은 하루
—꽃밭 말씀 11

서툰 솜씨로나마
꽃들과의 진한 연애질을 꿈꾸었으나
지내다 보니 풀들과의 서툰 수작질만 한창이다

그늘에 앉아 찬물 한 그릇에 뒤돌아보니
목마른 풀들이 먼저 와 기다리고

하얀 나비 한 마리
보란 듯이 꽃을 찾아
나풀나풀 바람을 일으킨다

날개 춤 한 자락에
된통 바람맞은 하루다

꽃밭은
—꽃밭 말씀 12

잘 가꾼 꽃밭은

철마다 꽃이 피고
색색으로 거듭나고
잡초도 듬성듬성 자라고

사람이 오가는 길이 있다

향기
—꽃밭 말씀 13

울안에 핀 백합 몇 송이
화병에 담아 식탁에 둔다

향기 고혹하다

다음 날 식탁 위 황갈색 꽃가루 지저분하다
가위로 꽃술을 잘라 냈다

향기 사라졌다

걸림돌이 사물의 정수精髓일 때도 있다

꽃, 꽃밭
―꽃밭 말씀 14

꽃밭이란

꽃들의 밭이 아니라

낱낱이 하나하나 꽃의 밭이다

그리움
—꽃밭 말씀 15

무시로 가슴에 걸렸다
서럽게 매달린 단 하나의 홍시

툭- 떨어져
울컥 번지는 모습

바로
당신 얼굴.

씨앗
—꽃밭 말씀 16

한 톨만으로도

세상을 너끈히 들어 올려

천지창조를 이루는

신의 선물,

생일은 항상 내일

다음 날 꽃이 피고

다시 다음 날 열매를 맺는다

함박꽃
─꽃밭 말씀 17

햇살 한 줌에
흐드러지게 봄을 피우다가

비바람 한소끔에
순간 허물어진다

지팡이에 기댄
호랑나비 무늬 몸뻬를 입은 할머니
꽃을 바라보며
무슨 골똘한 생각에 빠지셨는지
소리 없는 함박웃음이다

저만큼 봄이 간다

홍매紅梅
—꽃밭 말씀 18

잠시 멈춘 심장이 붉다
가쁘게 토하는 숨결이 붉다
속속들이 골수까지
하늘과 땅마저 붉다

홀로 봄을 갈망하는 외로움
서러워서 붉다

가지 끝에 매달린
어머니 붉은 눈물

눈물겹게
참 환장하도록 붉다

신이 존재한다는 증거다

봄꽃
—꽃밭 말씀 19

꽃이 피려는 설렘으로
세상이 일렁거려 일어난 바람
꽃샘추위다

스스로 피어야지
억지로 피게 할 수 있으랴

홀로 필 리 있겠느냐
누구나 가슴속 가득하게
벙근 꽃봉오리
울부짖으며 어우러져 함께 핀다

피는 꽃만큼 지는 꽃 있는 법
지기 싫다고 피지 않는 꽃 있겠는가

기필코 혼신의 힘으로
터질 때 터지는
봄꽃.

봄밤
—꽃밭 말씀 20

달빛이 내려앉아 목련으로 핀다
별빛이 쏟아져 내려 벚꽃으로 폭발한다

꽃이 필 때는 함께하더니
질 때는 낱낱이 홀로 흩어진다

어디에서도 찾지 못한
너의 흔적
화르르 한꺼번에 가슴이 다 탄다

낙엽
─꽃밭 말씀 21

힘없이 진다 해서 덧없다 하지 마라
누구의 잘못도 아니다

한때는 연둣빛 꿈으로 피어나
세상을 통째로 뒤덮지 않았더냐
바람에 흔들려도 그냥 열심히 살아왔고
회한이 조금 남아 붉어졌을 뿐이다

이제 다시 대지로 돌아가
내일을 기도하려 함이다

꽃의 시간에는
—꽃밭 말씀 22

꽃의 시간
자연의 탐욕이 부럽다

소리 없이 피고
자고 나면 피고
밤낮없이 피고
눈 감아도 핀다

아이들 발아래에서도
노인들 앞에서도
아픈 이의 뒤뜰에서도 핀다

꽃이 피면
부푼 가슴을 가진
누군가는 울 것이다

비명 소리
—꽃밭 말씀 23

코끼리마늘 세 개를 심었다
촉이 올라오자 지표면이 갈라진다
고통스런 대지 산고의 비명을 지른다

풀을 뽑는답시고 꽃밭을 이리저리 돌아다닌다
밟히는 땅과 새싹들의 비명 자욱하다
풀인 줄 알고 뽑고 돌아서니 아끼는 꽃
꽃밭지기의 비명 소리 드높다

생명이 싹트고 꽃이 피는 데는
이렇듯 비명 소리가 필요하다

오늘 세상 누군가의 비명 소리
또 다른 누군가의 웃음꽃으로 피는 것은 아닌가

제2부

동백의 현신

귀 딱지가 이명으로 우는 밤

당신이 만든 곁에 내가 있고

내가 빚은 곁에는 당신이 있지요

잠시 두 팔로 세상의 울음을 품에 가득

끌어안았다가 풀어놓는군요

동박새 날갯짓 치는 횟수만큼 당신이 보고 싶어요

근데 새소리는 들리지 않고

숨 가쁜 아버지의 쌕쌕 숨소리

어머니가 동백나무라고—

그림자가 꼭 닮았다고—

내 마음이 벗은 허물이

그사이 붉은 눈물로 툭툭 지는군요

눈물은 악성종양처럼 빨리 자라고 전이가 빨라요

가슴이 턱턱 막히게

혀끝 아리게

맴돌다 오는 말 엄마

맴돌다 가는 말 어머니

바랭이

하늘을 공경하지만 하늘을 향하지 못하고
땅을 기어야만 하는 고달픈 생
잡초라는 숙명 탓에 꽃은 숨겼으나
씨앗만은 풍성하여 메마른 땅에서도
막무가내 돋아나지만
직립을 꿈꾸지는 않는다

한 뼘 자라면 마디 하나 짓고
다시 뿌리 두 뼘 내리며
잠을 자지 않고 자라는 풀들의 뜨거운 불면은
근면한 농사꾼의 무성한 근심으로 자라고
서로 제 소유의 땅을 디딘 적 없지만
평생 흙만을 믿고 따르던 습관대로
가슴을 마주 대고 손을 맞잡으며
이런저런 대화를 나누던
땅에 누운 바랭이와 땅에 엎드린 어머니

땅에 기댈수록, 바닥에 깔릴수록
이심전심으로 하나가 되어
바랭이가 어머니고 어머니가 바랭이다

지금은 사방으로 인적 끊긴 묵정밭에 누웠지만
아직도 일렁이는 세상을 빚는다

꽃자리

거기에서는 별이 꽃으로 필까
해가 자동차 전조등이고 달은 깜빡이쯤일까
순한 사람들만 모여 살아 웃음소리 넘쳐 나고
모든 것이 풍족할까

어머니가 누운 자리
돌아가신 어머니 음성이 들리는 곳

말년이 되어서야 유일하게 가지셨던
땀과 눈물로 갈고 닦은
고개 넘어 비탈진 한 뙈기 자갈밭

소중할수록 깊숙이 숨긴다고
하늘 아닌
발치 아래 감춰진 것을
성묫길에 뒤늦게 깨달았다

꼭지

꼭지 하나마다 대봉감 하나

한눈판 적 없이
고요를 물고 고요의 빛으로
서리를 맞아 물렁할 때까지 과육을 살찌운다

본디 감은 꼭지에 무심하지만
허공에 외발로 딛고 선 꼭지
과실이 아무리 무거워도
손을 놓아서는 안 되는 생이다

영광은 튼실한 열매
온몸으로도 견딜 수 없어 감을 놓치면
꼭지의 수명도 저절로 다한다

감나무 아래에도
당신의 등과 어깨에도 무릎 허리에도
검은 꼭지들 그들먹하다

냄새

어머니의 냄새는 짠 내였다
들에서는 진땀을 흘리고
바다에서는 갯것을 더듬고
하늘에는 눈물로 올린 기도가
하얗게 소금으로 피어올랐다
쓴맛 단맛을 다 보고 나서
짠맛을 골라 몸 어딘가에 숨겨 두었는지
늘 짭조름한 바다 냄새가 흘렀다

바다를 건너가신 지 이십여 년이 지나도
나를 따라다니는 냄새
소금 단지를 열거나 새우젓 종지를 보면
숨을 깊이 들이마시게 되고 가끔은 헛물을 켠다

무덤에는 함초가 자란다

어머니

부디 젖지 말라고
스스로를 물속에 담그고서
기꺼이 발에 밟힌다

사뿐히 건너가라고
높거나 낮지 않게
흔들림 하나 없이 제자리를 지킨다

닳고 닳은 검은 징검다리

가슴의 반은 하늘
나머지는 바다였다

연륙교
―원산안면대교*를 보며

어머니가 사시는 땅

내가 살고 있는 땅

그 사이 바다

사람과 사람 사이 바다

고향과 타향 사이 바다

간절함과 절실함 사이 바다

해를 삼키고

바람을 일으키는 어머니의 눈물바다

가장 먼 곳과

가장 가까운 곳 사이의 거리만큼 멀다

온갖 풍랑을 쓸어 담은

어머니 가슴 깊이만큼 깊다

촛불기둥 세워서 기도의 탑으로

연결할 만큼이다

* 원산안면대교: 이미 육지와 연결된 안면도와 보령의 원산도를 잇는
  다리 명칭

다른 이름

어머니라 하더이다

태양이라 하더이다

대지라 하더이다

물이라 하더이다

나무라 하더이다

바위라 하더이다

늑대라 호랑이라 곰이라 하더이다

혹자는 시간이라 하더이다

누구는 사랑하는 이라 하더이다

또 다른 어떤 이는 바로 자신이라 하더이다

세상 천지만물이 신이라 하더이다

페르세우스 유성우*

별이 부서지는 밤이라고
부서지는 것이, 불타는 것이, 속절없이 떨어지는 것이
빛나는 별 잔치라고
분신分身의 분신焚身을
잠도 자지 말고 하늘을 지키라고 호들갑이다

빛과 어둠의 하늘에서
어둠은 빛의 그림자
아무도 거기 있는지 모르지만
빛을 위한 세기의 잔치를 베푼다

우주 속의 지구는 먼지 같은 작은 존재라는데
먼지보다 작아서
추락하며 불에 타더라도
한 점 빛도 발할 수 없는 나를 위해
먼저 부서지고 더 뜨겁게 불에 타고 흔적조차 사라져서
어둠이 더할수록, 어둠이 지속될수록
아들의 존재를 드러나게 하는
하늘로 돌아가 별이 되신 어머니

어쩌자고 자꾸 지상에 내려오시는지

아직 태울 것이 남아 있는지요

* 페르세우스 유성우: 133년 주기로 태양을 도는 스위프트 터틀 혜성에
  서 떨어져 나온 부스러기가 지구 대기권으로 쏟아지며 불타는 것으로
  쌍둥이자리, 사분의자리 유성우와 함께 3대 유성우로 불린다.

목에 걸린다

아내와 마주 앉은 저녁 식사 자리
갈치구이를 먹다가 가시가 목에 걸렸다

캑캑거리다가
'맛난 것을 보면 너 땜시 목에 걸린다'
생전 어머니의 말씀
다시 한번 목에 걸린다

가장 촘촘한 그물코를 가진
목구멍

가쁘게 내몰아 쉬는 숨도
소리 없는 울음도
꼭 전하고 싶은 말도 목에 걸린다
어제 너에게 했던 말 지금도 걸려 있고
돌아서던 네 그림자도
헤어지며 내게 건넨 너의 말도
오지도록 깊게 목에 걸린다

외로움도

쓸쓸히 떨어지는 꽃잎도
어느새 희끗한 거울 속 내 얼굴도
때로는 빗소리 바람 소리 어둠이나 적막까지도
빠져나갈 구멍 없는 그물에 걸린다

가슴에 박히는 것들
죄다 목에 걸린다

노각

비 오는 장날 파장 무렵
좌판에 말없이 누운
젖은 노각을 물끄러미 보다가
치매로 누운 어머니의 병상에서
담요를 비집고 나온
가녀린 발을 떠올린다
쉬지 않고 줄달음친
발에 차이다가 발이 되어 버린
말라 비틀려 파리한
누군가가 짓밟고 올라선 다리
두꺼운 껍질을 둘러
눈물 많은 하얀 속살과
거친 숨소리를 갈무리한 씨앗을 감추고도
반쯤은 허공인 가슴인 채
묵묵히 외길을 걸어가는
노각이다

꽃 피우지 않는 나무

바다를 지키다가 허리가 부러진
나이테 없는 당산나무*

군데군데 뭉그러진 옹이
삶의 뜨거운 숨결을 내뿜으며
소리 없는 울음소리를 쏟아 내던
일그러진 하나하나의 분화구

등과 허리에 오름을 가득 지고 서 있는
어머니의 형상

깊이를 모르는 눈 하늘로 이어지고
나무초리에서 뿌리까지
흐르는 기도의 말씀들

누군가를 부르는 나무는
끝내 꽃을 피우지 않는다

* 당산나무: 마을 지킴이로서 신이 깃들어 있다고 여겨 모셔지는 신격
　화된 나무.

거기, 고향

거기서 태어나
거기를 떠났지만
아직 나의 일부는
거기 머물러 있고
언젠가는 거기에 누워 영면할 것이다

내 삶이 고되고 높은 산이라면
눈에 띄지 않는 골짜기
모진 비바람과 눈을 받아 낸 후에도
맑은 물만 흐르는
바로 거기.

가족

남의 편이라는 남편
아, 내 편인 줄 알았더니 자식 편을 드는 아내

아주 가끔은 세상을 들들 볶는 아들
그러나 아버지를 알게 되고 아버지가 되는 나무

딸아 부디 엄마처럼 살지 말라지만
엄마가 되는
살가운 집안의 여린 듯 끈질긴 꽃

가도 가도 끝없는 세상에서
종내 남는 사람들.

파시

명절에만 열리는 시장
적막으로 숨 쉬던 집들이 들썩거린다

장돌뱅이 자식들 밀물처럼 밀려들면
고소한 냄새와 아이들 소리로 열리는 장마당
넘치는 정과 펄떡이는 웃음소리는 덤이다
썰물의 순간
짧은 거래가 끝나고
따뜻한 맨살들이 홀딱 빠져나가면
남루한 허물로 남는 집

온기를 지우는 여정은 짧아야 되는 것을
익히 아는 사람들
파장의 잔해 속에서 알싸한 비린내를 지운다

투명한 그물을 던지다 보면
파시는 또다시 열릴 것이므로.

천년향*

허리가 구부러져 받침대를 고여도
배가 땅에 닿을 듯이 길게 누운
천 년은 된 듯한 향나무

그 옆으로 등 굽은 아들이
아주 느릿느릿하게
아주 고요하게
노모를 태운 휠체어를 밀며 걸어간다

스치는 산들바람에서 천년향이 흘렀다.

* 천년향: 아침고요수목원의 상징으로 알려진 향나무에서 인용. 천 년
  이 지나도 변치 않는 향의 의미로 사용.

부전자전父傳子傳 안부

잘 있다는 소식은
울리지 않는 전화에서 듣는다

별일 없다는 기별은
도착하지 않은 편지에서 읽는다

무탈하다는 사실
열리지 않는 문에서 깨닫는다

벽에 걸린 데칼코마니

배꼽

없다면 태어나지 못했을
탯줄의 자리

생명 줄일지라도
끊어 내서 거듭난 자리

인간에게 존재하는
유일무이 완성의 흔적

늘 중심을 잡고 살아가라고
몸의 한가운데 자리한다

거들떠보지 않지만
은밀히 간직하고
함부로 후비면 배 아픈 이유다

배꼽 잡고 웃는 것은
기쁠 때마다 스스로를 경계하라는
숨은 가르침이다

놀란다

속절없이 빠른 시간의 색이
흰색임을
아내의 머리칼에서 보고 놀란다

세월의 향이
구수한 것임을
오랜만에 만난 친구의 말투에서 맡고 놀란다

세상의 모습이 세계지도와 닮은
주름인 것을
당신의 얼굴에서 발견하고 놀란다

인생의 빛나는
광채를
손자를 품에 안은 할머니의 눈에서 느끼고 놀란다

자꾸만 놀라다가 침이 마른 입에서
삶의 맛이 쓰디쓴 것임을
불현듯 깨닫고 놀란다

까치밥

붉게 물든 옷을 마저 벗고
홀로 남은 주름진 까치밥

감나무 끝에 매달린 늦은 가을이다

저기
피눈물과 부끄러움으로 물든

내가 걸렸다

제3부

마찰
―바닥 1

오르막길보다 내리막길의 도로 포장
의도적으로 거칠다

힘들게 오르기보다
쉬운 내려가기가 미끄럽다고 말한다

소음과 떨림을 일으키는 마찰
마주 부딪는 쪽으로
몸과 마음이 기울어서 생기는 일

미끄럼틀과 멀어진 이래로
지난 삶을 요약하면
어떻게든 미끄러지지 않으려는
몸부림은 아니었을까

껄끄러운 세상에서 매끄럽게 살라지만
바닥끼리 부딪치는 덜컹이는 거친 마찰
세상에 머물게 한 힘이다

등 돌리는 순간
—바닥 2

마당가 텃밭이 바랭이밭이다
호미로 긁어 주었다
끄떡없이 뻗어 간다
통째로 뽑아 밭고랑에 던졌다
다시 살아났다
다시 뽑아 뿌리가 하늘을 향하게 뒤집어 놓았다
살지 못했다

바닥에 등 돌리는 순간
죽음이 찾아왔다

키 큰 나무
―바닥 3

없다 해도 분명 있는 바닥
흔들릴 때 비로소 안다

무너질 때마다 또 다른 바닥

수천 번 아득하게 나뒹굴고
수백 번 간절하게 비틀거리고 나서야
바닥을 딛고 우뚝 선다

하늘에 닿는 키 큰 나무도 바닥에 서 있다

자책自責
―바닥 4

바닥
언제나 직접 판다

그리고
거기에 스스로 자리한다

본분本分
— 바닥 5

침을 뱉았다
긴 쇠 말뚝을 박았다
발로 밟고 오물을 뿌렸다
가슴을 들쑤시고 파헤쳐 폐기물을 묻었다
커더란 바위나 콘크리트 더미로 짓눌렀다
얼굴에 끓는 물을 들이붓고 불까지 지폈다
간간이 눈물이나 땀방울을 흘리기도 했다

어느 날
말없이 꽃을 피웠다

맛
―바닥 6

누룽지 드셔 보셨나요
참 구수합니다

볶음밥 드셔 보았지요
눌어붙어 박박 긁은 것이 제일 맛있지요

뜨겁게 달아오를 때
낮은 곳을 향하여 나아가
바닥에 몸을 뉘어
제 몸을 더 뜨겁게 달굴수록
바닥의 맛이 더해집니다

세상의 바닥을 긁을 때
삶도 풍부한 맛을 품습니다

자격
—바닥 7

창공을 나는 새
바닥을 헤쳐 먹이를 찾는다

대양을 오가는 배
바닥짐을 실어 바닥을 채워야 똑바로 배가 뜬다

바닥까지 훤히 비쳐야 투명하고
바닥까지 파헤쳐야 진실이 드러난다

물통, 술통, 밥통, 앞세우는 저금통
지식을 내세우는 머리통
자랑하면 쉽게 바닥이 드러난다

바닥부터 채우고
바닥을 쳐야 다시 일어난다

정상의 자격
바닥을 찍은 적 있는가

사는 곳
—바닥 8

바닥이 생기고 사라지고 올라가고 내려가고
사람은 울다가 웃었다

누구나
평생 바닥에서 산다

벼랑
—바닥 9

이젠 지쳤다
남아 있는 한 올의 숨길만이
잃은 것과 얻은 것을 다툰다

허공이 밀어 올린 벼랑

밀려날 대로 밀려나
남은 것 하나 없는 낭떠러지
그 아래 아찔한 바닥이 있다

나락에 떨어져
겹겹의 절벽을 하늘에 걸어 두는
음습한 바닥에서 바라보는
벼랑은 얼마나 아득한 높이인가

누군가에게 발끝마저 디딜 수 없는
모든 것이 끝난 벼랑 끝이
또 다른 누군가에게는 아득한 정상 아닌가

삶의 벼랑 끝
바닥 아닌, 정상이다

과속방지턱
—바닥 10

말끔하게 확 뚫린 고속도로
위험을 피하면서 나름 빨리 달리라고
최고와 최저 속도 제한이 있다
학교 앞과 마을 안 도로 최고 속도만 30킬로다
천천히 달리라고
바닥에는 과속방지턱도 여럿이다

소중히 지켜야 할
오래 바라보며 음미해야 할
멈추면 비로소 보이는 것들*이 있는 곳에는
어김없이 버티고 선 과속방지턱

사람들 마음속에
자리한 욕망과 미움의 턱

무거운 나를 짊어지고
앞만 보고 달린 지난 생을 돌아보면

과속방지턱
색칠이나 흉내 내었을 뿐

흔적 없이 사라져

모래알 몇 개나 있으려나 모르겠다

• 혜민 스님의 「멈추면 비로소 보이는 것들」에서.

먼저 배운다
―바닥 11

낙법부터 시작하는 무예

유도柔道

바닥을 먼저 가르친다

무게중심을

바닥에 가깝도록 최대한 낮추고

자신의 힘은 될수록 빼고

상대의 힘을 이용하여

메치는 것으로 승패를 가름한다

바닥을 먼저 배운다

정상
—바닥 12

누구라도 올라서고
아무라도 흙발로 밟고
발로 짓이기고 구른다

가장 나중 밝아지지만
자주 쓸고 닦아야 하는
젖는 일로 요약되는 바닥
무거운 짐을 피하지 않는다

정녕 틀린 것인가? 실패한 것인가?
바닥이 묻는다

바닥과 정상은 옛날 옛적부터 친구
친구를 보면 그 사람을 안다고
사람과 땅과 새와 나무들이 살아가는
바닥

드높은 정상이다

바닥들
—바닥 13

참 많은 바닥을 가졌다

길바닥에서 소진한 생의 잔고
사랑으로 탕진해 버린 영혼도 바닥
불타오르던 섣부른 열정도
검은 재로 식어 가고
이런저런 방랑으로 닳고 닳은 기력이나
쫓기기만 하다가 잃어버린 시간도
바닥이다

헛손질만 하는 손바닥
헛발질을 일삼는 발바닥
헛소리 가득한 혓바닥

삶의 사전을 자세히 들여다보니
탐욕으로 **빼앗긴** 온몸과 영혼
모두 바닥이다

시작始作
—바닥 14

수백 년 된 나무 한순간에 베어 냈다
순식간에 드러나는 세월의 바닥

빗방울과 햇살이 바닥으로 쏟아지자
다시 그루터기에서 움트는 새순

언제나 바닥에서 시작한다

신발
—바닥 15

바닥에서 바라보면 기울어진 세상
똑바로 걷기 위해 구두는 뒤축이 어긋난다

한때는 살아 있던 소
수렁논과 자갈밭을 두루 지난 뒤에
사람의 발바닥 밑으로 찾아든다

헐벗은 발로 바닥까지 내려가거나
맨발로 달려 나갈 일도 있겠지만
험하고 거친 길을 피 흘리지 않고 걸어가며
단단히 바닥을 다지며 발버둥 치려면
비슷한 삶의 궤적을 지닌
쇠가죽 신발이 제격 아닐까

깊고 깊어서 바닥을 드러내지 않던
검은 눈망울을 위하여
반들거리게 닦아야만 하는 구두
언제나 발보다 크다

길목
—바닥 16

절정에 이르지는 않겠다

사랑을 지키려 바라만 보는
지순한 순애보처럼
정상을 위해 바닥을 찾으련다

어둡고 깊은 바닥에 둔 술
맛과 향이 깊어지고
귀한 물건일수록
깊숙한 바닥에 감추는 것 아닌가

바닥
정상에 오르는 길목에 자리한다

그 아래
—바닥 17

바닥 아래로 뻗는 뿌리
바닥 아래로 스며든 물

바닥 아래서 만나면
바닥을 비집고 새싹이 돋아난다

한 번도 들여다본 적 없는
아픔을 밀어 넣은
바닥 그 아래
생명이 있나 보다

춤판
—바닥 18

서늘하게 날 선 일상
눈물 한 방울 흘릴 곳 없는 자리
딛고 설 곳 없는 허공에서
홀로 나서서 혼자 추는
탈춤 칼춤 때로는 병신춤이나 막춤

세상이 춤판이다

칼날 위가
춤추는 바닥이다

조건
—바닥 19

오랫동안
바닥에 앉아 있던 새만이

오랫동안
하늘을 가로질러 힘차게 날 수 있다

발자국
—바닥 20

바닥에 찍힌
가운데 잘록한 발자국
다음 보행의 손잡이로 쓰기 안성맞춤이다

조금은 삐뚤빼뚤
그러나 길게 찍힌 발자국
다음 보행의 길잡이로 어울리는 줄이다

뒤돌아보니
땅끝에서 하늘까지
깊게 찍힌 발자국 따라 걷는 삶이다

바닥은 바닥이어서
잔인한 희망으로 내게 온다

짐
―바닥 21

무게 없는 짐 있을까

내리지 못할 짐 있으랴만

세상에서 가장 무겁고

결코 바닥에 내리지 못하는 짐

바로 나.

해 설

도약을 위한 세 가지 시선

문종필(문학평론가)

2020년 1월 20일 국내에 코로나 19 첫 환자가 발생한 이후, 지난 몇 년 동안 혼란한 삶을 이어 나가야 했다. 누군가는 백신이 개발되면 종식될 거라고 단정했지만, 이런 믿음을 신뢰할 사람은 이제 없다. 코로나 19는 평범한 감기처럼, 때론 위협적인 존재로, 우리 곁에 공존할 뿐이다. 그런데 이보다 더 중요한 것은 코로나 19가 삶의 패턴을 바꾸어 놓았다는 데 있다. 지금은 흔하지만 2000년대 초반에 발명된 아이폰이 인간의 삶을 바꾸어 놓은 것처럼, 눈에 보이지 않는 미세한 바이러스가 우리들의 익숙한 삶을 현격히 바꾸어 놓은 것이다.

그중 가장 큰 변화는 인간과 인간의 만남을 다른 방식으로 전환하게 만든 것이다. 살과 살이 닿아야 했던 관계가 물러나니 사람들은 자연스럽게 줌이나 메타버스에 적응해 나가기

시작했고, 이와 맞물려 곁에 있다는 측면에서 돌봄과 동물권과 같은 사회적인 문제도 동시에 부각되었다. 즉, 만남이 서서히 사라지면서 인간은 곁에서 마주칠 수 있는 다른 존재에게 시선을 돌리기 시작했다. 다른 말로 말해 '곁'에 동물이나 식물을 두게 되니 새로운 대상에게 귀를 기울이게 된 것이다.

우리가 관심을 가져야 하는 것은 '식물'을 곁에 두고 있다는 측면에서 손경선 시인의 최근 시집 『꽃밭 말씀』도 동시대의 이러한 흐름 속에 함께한다는 것이다. 물론, 시인이 오랜 시간 식물을 돌보았기 때문에 꽃이 중요한 소재로 시집에 선택된 것일 수도 있지만 작금의 시대는 '동물'과 마찬가지로 '식물'도 돌보는 시대가 되었다. 그러니 시집 속에 수록된 작품을 작가의 의도와는 별개로 생각해 볼 필요가 있다. 과잉된 표현일 수 있으나, 나는 이 부분이 손경선 시인의 시집을 지금 이 시기에 읽어야 하는 이유라고 생각한다. 위트 있게 말해 '가드너'들을 위한 시집이라는 것이다.

큰 틀에서 이 시집은 세 가지 요소로 구성되어 있다. 곁에 있는 '식물'에 대한 이야기와 잊지 못하는 '어머니'에 대한 사연 그리고 '바닥'이라는 소재가 그것이다. 이 중 시인이 시집 제목으로 삼은 것은 세 가지 중 '꽃'이다. 그만큼 '꽃'이라는 소재에 많은 애정을 들인 것으로 보인다. 그러니 독자들은 반려 식물이라는 면목으로 그의 작품을 소소하게 읽어도 좋을 것 같다. 이러한 판단이 어긋날 수도 있지만, 동시대 시인들이 자신의 시집 속에 반려동물 이야기를 눈에 띄게 수록하는 것과 무관하지 않다. 과정이 어찌 되었든지 이러한 표정으로 인해 과거에 중요시 여기지 않았던 대상이 관심의 영역으로 들어온 것은 분명하다.

그렇다면 시인은 식물 곁에서 어떤 생각을 하고 어떤 가능성을 붙잡았던 것일까. 독자들은 이 지점을 흥미롭게 탐구할 수 있다. 1부에 수록된 23편의 작품 모두 "꽃밭 말씀"이라는 부제가 붙는다. '꽃'과 관련된 작품이 상당히 많이 존재하니 독자들은 시인이 꽃 주변을 오래도록 서성거렸다는 사실을 알 수 있다. 즉, 시인은 가드너로서 꽃 주변을 돌고 돌며 관리하기 위해 애썼고, 이 과정에서 삶의 귀중한 흔적들을 찾아내 시로 조탁한 것이다. 이 여정이 이 시집에 묶였다.

가령, 식물은 결실을 맺고 편히 쉬는데 반해 "인간만이/ 아직도 결실을 찾아 종종걸음"(「결실-꽃밭 말씀 3」)을 걷는다는 표현이나, 꽃밭과 꽃을 키우는 과정에서 풀밭도 잡초도 함께 자란다는 사실에 공감하며 "세상 만물이/ 더불어 살아간다"(「공존-꽃밭 말씀 6」)는 소중한 진리를 깨달은 것, 식물이라고 해서 무조건 곧은 햇빛을 쫓는 것이 아님을 모른 채, 앵초를 잃게 된 후 "그늘에 기대어 사는 삶도 있다"(「기대다-꽃밭 말씀 9」)는 것을 알게 된 일 등은 식물을 키우는 과정에서 성찰적인 삶을 운용했다고 볼 수 있다. 그렇다면 동일한 방식으로 독자도 시인의 삶을 훔쳐보는 과정에서 다양한 의미를 확장하고 증폭할 수 있다.

코끼리마늘 세 개를 심었다

촉이 올라오자 지표면이 갈라진다

고통스런 대지 산고의 비명을 지른다

풀을 뽑는답시고 꽃밭을 이리저리 돌아다닌다

밟히는 땅과 새싹들의 비명 자욱하다

풀인 줄 알고 뽑고 돌아서니 아끼는 꽃

꽃밭지기의 비명 소리 드높다

생명이 싹트고 꽃이 피는 데는

이렇듯 비명 소리가 필요하다

오늘 세상 누군가의 비명 소리

또 다른 누군가의 웃음꽃으로 피는 것은 아닌가

—「비명소리—꽃밭 말씀 23」 전문

　시인은 꽃밭에 "백합목　백합과에 속하는 커다란 구근식
물"*인 주먹만 한 코끼리마늘(Elephant Garlic) 세 개를 심는
다. 그냥 보통 마늘이 아닌, '코끼리'라는 이름이 붙었으니 독
자는 마늘의 크기를 짐작할 수 있다. 흙 속에 심은 이 마늘이
땅에서 올라오니 지표면은 갈라진다. 시인은 이러한 광경을

• 두산백과사전(https://terms.naver.com/entry.naver?docId=2770166&
cid=40942&categoryId=32106).

쳐다보면서 "고통스런 대지 산고의 비명"이라고 적는다. 시인은 식물의 성장으로 인한 땅의 열림이 산모의 고통과 크게 다르지 않다고 받아들인 것이다. 이것은 과학적으로 증명되지 않는 비논리이지만, 시인이 그렇게 생각하고 바라보는 과정에서 믿음은 마법처럼 현실이 된다.

즉, 시인은 꽃밭과 풀을 관리하는 과정에서 어렵지 않게 식물의 울음소리와 웃음소리를 들을 수 있는 귀를 갖게 된 것이다. "생명이 싹트고 꽃이 피는 데는/ 이렇듯 비명 소리가 필요"하다는 문장을 얻은 후, 비명 후의 기쁨을 셈할 수 있는 것도 온 마음을 다해 식물 곁에서 관심을 내보였기 때문이다. 어쩌면 이것은 '상상'할 수 있는 시인의 힘인지도 모른다. 진정성을 품은 채, 온전히 상상할 수 있는 자만이 얻을 수 있는 순간이니 그렇다. 무엇보다도 시인은 식물과의 이런 교감을 통해 궁극적으로 자신의 삶을 반성하는 데까지 나아간다. "무거운 나를 짊어지고/ 앞만 보고 달린 지난 생을"(「과속방지턱—바닥 10」) 반성하거나 전적인 가능성은 아니더라도, "때때로 마음만은 붉게"(「철부지 꽃—꽃밭 말씀 7」) 필 수 있는 조건에 대해 생각해 보는 것이 그것이다. 이 반성이 '나이 듦'과 무관하지 않다는 점이 특이한데, 끝을 향한 시인의 응시가 식물의 숨소리를 더욱더 잘 듣게 했을 가능성이 높다. 끝을 응시할 수 있다는 것은 욕망과 욕심으로부터의 해방을 의미하기 때문이다. 그러니 투명한 마음은 대상에게 온전히 다가갈 수 있는 전제 조건이 된다.

시인이 '꽃'을 응시하는 과정에서 삶의 다양한 흔적을 찾아내 1부에 기록했다면 이와 동일한 방식으로 '바다'를 응시하면서 또 다른 삶의 흔적을 기록한다. 꽃과 관련된 연작시를 쓴 것처럼 21편의 '바다' 연작시를 통해 독자들에게 긍정의 힘을 선사한다. 하지만 시인이 운용하는 바다는 우리가 흔히 '바다'라는 단어를 떠올릴 때 연상되는 의미와는 거리가 멀다. 시인이 응시한 바다는 수준 낮은 대상이나 초라한 대상이 아니라 가능성의 형태로 머문다. 그에게 있어 바다는 오히려 더 높이 날기 위한 중요한 디딤돌이자 굳센 다짐의 형태다. 수백 년 된 나무를 베어 내더라도 다시 새순을 보이며 성장하는 것처럼 우리의 삶은 "언제나 바다에서"(「시작始作-바다14」) 시작한다. 창공을 나는 새도, 대양을 오가는 배도, 진실을 외면한 거짓도, 얇은 지식의 수준도 "바닥부터 채우고/바닥을 쳐야 다시 일어"(「자격-바다7」) 난다. 다른 말로 말해 시인에게 있어서 "바닥과 정상은 옛날 옛적부터 친구"(「정상-바다12」)인 것이다. 그러니 독자는 시인이 흔한 '바다' 개념을 어떻게 승화시키는지 관심을 갖고 지켜볼 필요가 있다. 이 지점이 '꽃'을 응시하는 것과 마찬가지로 이 시집을 즐길 수 있는 핵심 포인트다.

누룽지 드셔 보셨나요
참 구수합니다

볶음밥 드셔 보았지요

눌어붙어 박박 긁은 것이 제일 맛있지요

뜨겁게 달아오를 때

낮은 곳을 향하여 나아가

바닥에 몸을 뉘어

제 몸을 더 뜨겁게 달굴수록

바닥의 맛이 더해집니다

세상의 바닥을 긁을 때

삶도 풍부한 맛을 품습니다

　　　　　　　　　　　—「맛—바닥 6」전문

　'바다' 관련 연작시가 삶의 끝에서 가능성을 제시하고 있으
니, 일부의 독자들은 다소 칙칙하다고 생각할 수 있다. 하지
만 위의 작품은 그런 편견을 잠시 보류해 준다. 재미 있으니
그렇다. 누룽지나 볶음밥을 먹어 본 사람은 "눌어붙어 박박
긁은" 밥이 맛있다는 사실을 잘 안다. 뜨겁게 바닥을 달궈 주
는 과정에서 찐득하게 밥이 완성되기 때문이다. 그래서 우리
는 집이나 식당에서 숟가락으로 힘껏 바닥을 긁는다. 궁극적
으로는 이러한 보편적인 사실을 통해 시인은 "세상의 바닥을
긁을 때/ 삶도 풍부한 맛"을 느끼게 된다는 진리를 얻는다.
이처럼 시인의 '바닥' 관련 연작시를 읽고 있으며 '바닥'이어도

괜찮다는 무언의 위로를 받는다. '바닥'에 머무르는 것이 마냥 좋지는 않겠지만, 시인의 말처럼 '바닥'이야말로 다시 도약할 수 있는 소중한 자산인 것이다. "칼날 위가/ 춤추는 바닥"(「춤판-바닥 18」)이며 "오랫동안/ 바닥에 앉아 있던 새만이// 오랫동안/ 하늘을 가로질러 힘차게"(「조건-바닥 19」) 날 수 있다. 누군가는 '바닥'과 같은 삶이 어떻게 현실에서 상승할 수 있느냐고 반문할 수 있다. 충분히 그럴 수 있다. 현실을 만만하게 볼 대상이 아니기 때문이다. 그러나 '바닥'이 꼭 자본이나 물질의 행태를 의미하지는 않는다. 정신적인 영혼의 형태도 바닥과 함께 논할 수 있다. 그러니 바닥에서의 삶이 우리를 보다 더 나은 삶 속으로 견인한다고 봐야 한다. 시인은 이 시집을 통해 그것을 증명하려고 애쓴다.

마지막으로 시인은 이 시집에서 어머니에 대한 이야기를 심도 있게 다룬다. 어머니와 관련된 연작시를 쓰지 않았지만 어머니에 대한 흔적을 시집 2부에 숨겨 놓았다. 그 과정에서 어느덧 자신도 부모의 입장이 되었으니 어머니에 대한 기억은 좀처럼 쉽게 사라지지 않는다. 이것은 후회의 한 형태로도 볼 수 있다. 부모가 된다는 것은 어른이 되는 것을 의미하고 지난 시절에 부모의 입장이 되어 보는 것이니 그렇다. 시인의 표현을 빌려 오자면 "아버지를 알게 되고 아버지가 되는 나무"(「가족」)를 경험해 보는 것과 무관하지 않다.

그렇다면 시인에게 엄마는 어떤 사람이었을까. 그에게 엄마는 소중했던 것으로 보인다. 엄마를 불러 보면 입가에 맴돈다. "맴돌다 오는 말", "맴돌다 가는 말"(『동백의 헌신』)이 엄마다. "제 소유의 땅을 디딘 적 없지만/ 평생 흙만을 믿고"(『바랭이』) 따른 정직한 사람이다. 말년에 정성껏 "한 떼기 자갈밭"(『꽃자리』)을 얻을 수 있었을 뿐인데도 불구하고 감나무 꼭지처럼 화자를 정성껏 돌봐 주셨다. 억세게 삶을 살아 내기도 하셨다. 그래서 그런지 엄마에게서는 늘 짠 내가 풀풀 났다고 시인은 기억한다. 시간이 지나도 땀방울이 마르지 않으셨던 것일까. "무덤에는 함초가"(『냄새』) 자랐다는 표현이 애절하게 느껴진다. 함초는 소금기를 먹고 살아가는 약재류라는 점에서 생전의 엄마 모습이 선명하게 그려진다.

어머니가 사시는 땅
내가 살고 있는 땅
그 사이 바다

사람과 사람 사이 바다
고향과 타향 사이 바다
간절함과 절실함 사이 바다

해를 삼키고
바람을 일으키는 어머니의 눈물바다

가상 년 곳파

가장 가까운 곳 사이의 거리만큼 멀다

온갖 풍랑을 쓸어 담은
어머니 가슴 깊이만큼 깊다

촛불기둥 세워서 기도의 탑으로
연결할 만큼이다

—「연육교—원산안면대교를 보며」 전문

시인은 원산안면대교를 보며 이 작품을 썼다. 화자는 이 지명을 "이미 육지와 연결된 안면도와 보령의 원산도를 잇는 다리"라고 적었다. 그렇다면 이 작품을 읽고 추측해 볼 수 있다. 우선, 시인의 어머니는 섬에 사셨고 시인은 섬을 나와 생활했다는 것이 그것이다. 이 과정에서 자연스럽게 엄마와 화자의 거리가 멀어질 수밖에 없다는 사실을 독자는 짐작할 수 있다. 섬을 나온다는 것은 굳은 용기가 필요하기 때문이다. 흙이 아닌 육지로 힘차게 발을 내딛는다는 것은 두 번 다시 섬으로 돌아가지 않겠다는 결의와 무관하지 않다. 시인의 이러한 마음은 오랜 시간 섬에서 머무는 것을 불가능하게 했다. 이러한 과정에서 어머니와 '화자'의 관계는 더 멀어졌던 것으로 보인다. 여기서 멀어졌다는 것은 실직적인 거리가 아닌, 다 큰 자식이 부모 곁을 떠나기 때문에 발생하는 거리다. 그러니 시인은 엄마가 늘 항상 이렇게 그립다. "하늘로 돌아가 별이 되신 어머니"(『페르세우스 유성우』)가 그렇게 보고 싶다. "맛난 것을 보면 너 땜시 목에 걸린다"던 "생전 어머니의 말씀"(『목에 걸린다』) 잊을 수 없다. "거기서 태어나/ 거기를 떠났지만/ 아직 나의 일부는/ 거기 머물러"(『거기, 고향』) 있기에 육지와 섬을, 섬과 섬을 잇는 다리를 응시한 것은 이런 이유 때문이너라.

이상으로 이 시집에서 다뤄지고 있는 세 가지 요소 '어머니' '바닥' '꽃'을 소재로 시인이 어떻게 시를 형상화해 내고 있는지 확인하였다. 잠시 멈춘 채, 시인의 여정을 조심스럽게 따라가다 보니 그는 무엇인가를 새롭게 도전하려는 듯하다. 도전이 다소 자극적이라면 도약하려는 움직임을 보인다고 표현해도 좋다. 여기서 도약은 과거의 습관을 잠시 밀어 두고 새로운 습관을 몸속에 축적한다는 의미일 것이다. '바닥' 관련 시가 그것을 증명해 준다. 그가 생각하는 바닥의 모습이 구체적으로 시집에 제시되지는 않았지만, 이 시집이 출간된 이후, 그는 자신만의 바닥을 찾아 '나'를 성장시킬 것 같다. 동시에 '꽃'과 관련한 작품들은 반성의 형식으로 이곳의 삶을 응시하게 만든다. 시인이 지금, 이 순간을 반성한다는 것은 새로운 것을 가능케 하는 것과 무관하지 않다. 마지막으로 시인은 어머니와 마찬가지고 지금 현재 끝을 응시한다. 나이 듦은 뜨거운 온도에 희망을 걸기보다는 적적한 온도에서도 가능성을 품을 수 있음을 의미한다. 따라서 앞서 논의된 '바닥'과 '꽃' 연직시기 정서저인 측면에 도움을 주어 과거와는 다른 방식의 리듬이 펼쳐질 것 같다.

무엇보다도 시인은 엄마를 생각하면서 삶과 죽음을 냉철히 응시한다. "등과 허리에 오름을 가득 지고 서 있는"(「꽃 피우지 않는 나무」) 엄마의 모습을 보며 자신의 삶을 성찰한다. 엄마는 이처럼 이 계절에 안 계셔도 시인에게 힘을 주는 존재다. 시인에게 '엄마'는 '바닥'이나 '꽃'과 같은 존재로 다가온다. 결국, 시인은 의식적이든 무의식적이든 '나'를 온전히 쳐다보기 위해 오늘을 사는 셈이다. '나'를 성찰하게 만든다는 점에서 그렇다.